슬픔이
환해지다

모악시인선 011

슬픔이
환해지다

김수복

모악

시인의 말

지금, 여기, 이 시들은
하늘과 구름과 노을과 바람과
새들과 나무들과 풀들과 냇물들이
양재천 우체통에 넣어둔
간절한 존재론적·공동체적 전갈에 대한
호응과 응답이다.
어느덧 40년 가까이
이 천변에서 떠돌았구나.

무술년 삼월 어느 날 새벽
슬픔이 환해지는 시간에
김수복

차례

4부 비를 받아먹는 바다

1부
오래 서 있던 나무

그늘이 들어오네

그늘이 내게 들어오네
성큼성큼 걸어들어와

나도 모르게 나를 독점하고
의자가 된 나를 밀치고
의자의 그늘을 앉히네

빈 의자

간 밤 노숙의 꿈들이 죽어 떠나니
햇살을 들추고
오래 서 있던 나무 그림자가 와서 앉아본다
아직 살아갈 용기가 남아 있다고

일기

저녁은 묵밭처럼 무성하고

기쁨들은 쭉정이가 되었다

어둠을 일깨우는 밤

꿈길이 깨어 있는 새벽에 당도하다

복사꽃 눈 뜰 때

복사꽃 피는 깊은 눈동자들에

밤하늘이 눈을 뜨네

늦게 돌아온 고양이

혼자 울게 두어라 하네

뒷소문

이제 하나둘씩 모두 떠나가고
뒷산 산비둘기 가는 울음으로
온몸이 다시 저려오는
저녁길이다

부엉이도 울다 지치겠지
마을 뒷길도 애가 타겠지

새벽밥

새벽이 밥을 하다는 말을
사발에 새겨 넣었더니
밥사발이 되었다
사랑이 배고픈 자 마음껏 드시라고
새벽이 새벽밥을 바치다

입춘을 기다리며

산수유 검은 가지는 언제 입을 여나?
손이 있어도 손을 내어줄 수 없는,
수갑을 차고 줄지어 서 있는 순교자 그림자들처럼
나무들은 줄지어 기다리고 섰다

춘신春信

흰나비 아주 오랜만에
무덤을 빠져 나온다
그 먼 길
어떻게
어디서
굽이굽이 돌아왔을까

아직도
발이 차구나

율포 편지

바다의 가슴에 안겨 반짝이는
햇살들아,
웃음소리가 커졌구나
눈망울도 순해졌고
마주 바라보는 눈길도 다정하구나
아장아장 걸어오는 키도 커졌구나
반갑다고 달려드는 널 안아줄 수 없는
탕아처럼 멀리 엎드려 바라보고 있구나

흐린 겨울날

비밀의 입들이
여기저기 웅성거리는
소문의 광장이 있는지
하늘 얼굴이 잔뜩 찌푸리고 있다

강아지풀

엉덩이가 푸르고 보송보송하구나
바람이 분다고 꼬리를 치는구나

폭풍 세월에도 두려워 마라
비바람 쳐도
눈보라가 내리쳐도
두려워 마라
뿌리를 지켜라
죽더라도 흔들어라

오솔길

엽신이 날아왔다
발신인도 없는
무지개 같은,
비도
산 너머 기댈 언덕도 없는
아름다운 죽음에게
소식을 전하러 가는 중이다

운명처럼

풀잎 위에 내리면 눈동자가 되고
호수 위에 내리면 맨발이 간지럽고
흙탕물 위에 내렸다가 다시 튀어오르는
비의 형제들

몸

저 저녁 하늘 잔잔한 그물에
새들도 빠져나가고
연분홍 구름도
천둥 번개와 함께 빠져나가고
영혼도
초승달도
흠모했던 먼동도 빠져나가고
헐벗은 석양의 육신만 걸려 있구나
걸려서
걸려서
빠져나갈 수 없구나
그물에 걸려
빠져나갈 수 없구나

일몰

해가 뉘엿뉘엿 잠에 빠져들고
몸속에는 동이 트고
아무것도
아무것도 모르고
모른다 모른다 모른다고 외친 죄 때문에
바다는 눈이 멀었다

나무들 곁에 서다

잎과 꽃들은 먼저 보내고
새와 구름과 하늘 같은 옛 동지들
모두 떠나고 혈기 또한 사라져
입과 귀와 숨을 닫아 걸고
이제 동안거冬安居에 들어가다

단풍이 초록에게

어떻게 사랑이 그렇게 변할 수 있어?

초록의 항거를 조용히 감싸 안아주는
먼 산

물소리가 크게 들릴 때

그렇겠지
간절하게
끊어지는
물소리가 크게 들릴 때
죽도록 살고 싶을 때
새들은 날아서
저녁 강으로 오겠지

쌍계사

계곡도 말라서 카랑카랑하고
구름의 눈도 퀭하다
햇살도 날카로운 쥐눈이다
마음의 상거지가 되어
달은 자러
쌍계사로 들어간다

겨울 담벼락

젊을 때
손을 놓지 않으려고 애를 태우다가

늙으니
등이 시려도 서로 얼굴이라도 바라보고 살 수밖에

동짓날

식탁머리 너머 산수유 열매 뜨겁다
직박구리새들이 날아와 쪼아 물고
하얀 숲으로 돌아간다

이마에 열이 내려갔나
이마를 짚어주는 햇살의
손길이 더욱 따사롭다

밀애

띠구름들이 슬그머니 다가가
해의 눈을 감기더니

무슨 수작을 벌이려는 저녁
수런대는 갈대들이 우왕좌왕한다

한

가을과 겨울의 뜨거웠던 한통속의 가슴이
점점 식어가면서 돌아눕는 일
나무들의 머리에 점점 서리가 내리기 시작하는 일

2부
길을 잃은 여행자들

시라는 숙명

심장이 쿵쾅거리고
얼굴이 확 달아올라서
천둥을 치게 하고
번개를 쏟아내는

암흑인데도 대낮이다

동트는 저녁

봄비 입술과
새순의 입술이
입을 맞추고
저녁 기슭 낭떠러지에서도
서로 떨어지지 않았네

느릅나무 가슴에도
새벽 동이 트겠네

만다라

너와 내가
이 하늘에서
나와 네가
저 몸 안에서
해와 달이
달과 해가
서로 다투면서 끌어안고
팔을 벌리고 서서
천년 만년 일심동체가 되어
하루를 보내는 순간

해 지는 곳에서
달 뜨는 곳까지
다시 태어나서
다시 죽어가는 찰나
그 천년 만년 뒤에
해와 달이
죽어버리려다가
서로 사랑하게 되는 새벽

순댓국을 먹으며

길들이 순탄치 않구나
곡진한 직선도
다 아롱거리는 뜨거운 골목들이었구나
미안하다 모두에게 미안하다
꼭꼭 채워져 걸어온 슬픔들이여
밥알이 불어터진 동지들이여
비 오는 날이면 순한 이야기들
이곳저곳에서 흘러들어온 소문을 듣고
냇물들은 서로 소란스러울 때가 있는 법
이 고난의 종점을 한 시간쯤 터벅터벅 내려와서
순댓국을 먹는 저녁이 되었다

남북우체통

소식이 끊어져 할 말이 없어진 지 오래다
소식들은 부산에서 신의주까지
기차바퀴 소리 들어본 지 오래 되었을 것이다
언 강 풀리는 봄날
파랑새야,
파랑새야 날아와 다오

왜 뒤돌아보나

먹던 이슬 어디 두고
우랄 알타이 산양 두 마리
새벽 흐린 눈을 뜨고
왜 뒤돌아보나

이제 산정으로 올라가면
영영 소식 없겠지

보리가 익어갈 때

그래, 이게 나라야
바람이 불어오면 같이 흔들리고
해가 떠오르면 함께 웃어주는
이 들판을 보라
그래,
그렇지

달무리

가을비가 오려나 보다
눈가에 울음기를 달고 다녔던 달숙이처럼
달무리가 짙었던 가을이었다
밤새 영농 빚에 쫓겨 마을에는 빈집이 늘어났었다

태몽

하동 송림 삼백 살 드신 적송 한 그루
저녁이 가까이 오면
섬진강 넓은 배에다 조용히
귀를 갖다 대는
해를 바라보며
웃는다

남해바다는
만삭이 될 것이다

슬픔이 환해지다

내일의 길목에게
가시관을 걸어주다
암흑의 길목에도
일출의 길목에도
그림자의 길목에도
사랑의 가시관을 걸어주다
너는 더욱 어두워지고
슬픔은 더욱 환해지다

노년

그래,
좋은 척, 좋은 척하고
살아야지 뭐,
저 하늘
구름 어머니 품 그리워해야지,
얼굴 없는 침묵으로
삐어져 나온 저 노을의 발도 덮어줘야지

그물

저 하늘에 그물을 던져라
새들보다
꽃들보다
구름보다도
일용할 물고기보다도
사람들이 더 많이 걸릴지니

섬진강

지금 여기 천국이겠지
흘러간 구름도 다시 오고
떠나갔던 새들 다시 왔네
바람이 어디로 가든
석양이 어디로 넘어가든
하늘이 더욱 가깝고
물살은 영산홍 같은
핏줄을 감고 돌아가니
불끈불끈 지리산 능선들 다시 일어서서
강물 중앙으로 걸어 들어왔네

말을 찾아서

말을 찾으러
고구려 땅 집안集安으로 간다
압록강 잔잔하고 거센 물살 헤치고
백두로도
연길로도 용정으로도
남만주 북만주 드넓은 둥근 벌을 두드리며
빈 하늘 해가 되어
신명이 돋는
하늘 문 활짝 열고
달려나오는 말을 찾으러 간다

봄바람

새들은 다 어디로 갔나
낙동강 청천강으로
백두산 한라산으로
훨훨 날아갔겠지
가서 잘 살겠지
식구들 늘어나면
봄바람에 소식 전해주겠지
새끼들 자랑하러 얼싸안고 오겠지
새들아, 훨훨 날아가라

함박눈

한반도에도 한마음이 있어

그리운 비바람 구름 운기탱천하여 함박눈 내리는구나

대한민국 충청남도 천안시 안서호에서 풍덩풍덩 함박눈 내리니

조선인민공화국 양강도 삼지연에도

청천강 유역에도

백두산 드넓은 고원 자작나무에도 함박눈 내리겠지

한반도여,

한라산 산간에도

삼남 방방곡곡 들판에도

종일 그리운 함박눈 퍼부었다네

얼싸안고 퍼부었다네

사각사각 덤벙덤벙 울컥울컥

만신창이 되어도 퍼부었다네

꿋꿋하게 당당하게 우뚝우뚝 서서

정이품 정삼품 느릅나무 느티나무 금강소나무 위세로

태평양 동아시아 대륙을 함박 적셨다네

그리운 한반도에 함박눈 내렸다네

하늘 우러러보고 내렸다네

천지

남과 북이
서로 기쁜 마음
그대로
어깨를 얼싸안고 얼어붙어 있거라
봄바람이 불어오거나
사랑이 식어도 멀어지지 말고
자자손손
동서남북
내 핏속
금강대계곡
비룡폭포가 되어
눈 비 바람에도 꼿꼿이 서서
침묵으로
노래로
너희가 풍성하여라
다시는 다시는
나를 찾아와
평화를 기도하지 않도록
이 백두와
한라가 얼싸안고
만세를 부르는

그날이
그 나라가 오게 되리라
다시는 다시는
나를 찾아와
기도하지 말라

무덤이 열리다
– 시인윤동주지묘

죽음이 쫓아와도 두렵지 않다
새장에 갇힌 새가 날아가
빛이 되고
시가 되는 겨울을
매운바람에도 눈을 뜨고 있는
잎새를 보면 알게 될 것이다
죽음이 무덤을 두려워하지 않는 데는
이유가 있다

봄꽃을 위하여

혹독한 발열과 혹한의 한기로부터
모든 죽음으로부터
수호해야 할 몸의 자유와 권리를 흔들며
겨울나무는 만세를 부른다
모든 어둠으로부터 봄꽃이 피어나듯이

눈동자

길을 잃은 여행자들처럼
냇가 살얼음판에 엎드려
냇물 아래 새 세상을 보고
눈을 뜨고 살 것인지
눈을 감고 살 것인지
녹아 사라지는 제 눈도 모르고
간밤에 내린 눈들이
흘러가는 제 눈동자를 내려다보고 있겠지

3부

멀리 있는 당신에게서

편지

입속이 타들어가는 달을 바라본다
소금을 뿌린 듯
달무리의 눈물도
더욱 하얗다
멀리 있는 당신에게서
모란이 툭, 툭 지는 밤

슬픔의 정원

어디 하늘 귀퉁이라든가
천길 바다 속이라든가
길이 끊어진 절벽이라든가
울고 싶을 때 드나들며
누구나 울 수 있는 감옥이라든가
죽어서 살아 돌아올 수 있는 광장이라든가
아무도 찾아오지 않는 겨울 들판이라든가

그 어디쯤
한평생 함께 살다 죽고 싶은 슬픔의 정원이 있다

거리

해가 지고 다시 해가 뜨는
사랑의 거리만큼
왜가리는 날아갔겠지요
태어나고 쓰러지고 사라지는 데까지가
그리움의 거리이겠지요
늙은 소나무 저녁까지 후회했습니다

풍경風磬

오솔길을 찾아
바람과 바람 사이의 골목
사랑이라든가 원망까지도
가슴으로 품었다가
이집 저집 처마로 분주히 날라다 주는
공중의 우편배달부

관계

지금 막 피어나는 꽃의 얼굴이여
눈빛의 찰나여
나는 캄캄한 밤이다

멀리 멀리서
다시 피어나서
다시 웃어다오

멀리 가서 울어다오

앵두꽃 필 때

참 궁금했을 것이다
뱃속에 있을 때부터
바깥 세상은 어떻게 돌아가고 있는지
연두 바람은 새순들과 사이가 좋은지
새들의 소리는 어떻게 생겼을까
구름의 눈빛은 달콤할까
철들기 전 불쑥
집 밖으로 도망쳐나와 버렸다네

상강霜降에

첫서리가 내리는 당신에게
겨울에서 가을로
징검다리를 건너듯 돌아오라는 전갈일 터

첫사랑

저 하늘 우체통에다
사랑한다는 엽서를 몰래 두고
슬며시 골목을 빠져나오는
구름을 바라보고 있는 일

목어木魚

이렇게 마음이 여울지는 것도
먼 바다의 밀물 때문이겠지요

폐부를 찌르는 동백꽃 목덜미
발등에 떨어진다는 전갈이지요

가도 가도 닿을 수 없는
만리 밖에서 날아가는 기러기떼인가요

감옥

이젠
새소리에도 눈을 맞춰야지
울고 싶어도 울지 말아야지
물소리도 공평해졌으니
귀가 밝아지고
눈이 맑아진 하늘을
가슴에 가두어 두어야지

놀다

구름은 하늘 갖고 놀고
물결은 호수 갖고 놀고
파도는 바다 갖고 놀고
나무들은 바람 갖고 놀고

칠불사

구름의 거문고 소리에
절간이 은은하네요

그 뒤 많은 아버지들이 산을 내려오지 못했지요

거문고 가락에 갇힌 걸까
구름에 갇혔다가
비가 되어 내리는 걸까

비탈길

고랭지 배추밭에서 풀을 매는 할매들
비탈밭 옆길 끓는 해에게
수제비구름 떠 넣어
새참을 먹고 있다

가을 이야기

풀꽃문학관 뒤뜰 구절초 꽃무리들
낮 동안 서로 구성진 이야기 재잘거리다가
저녁이 되면 쿵쾅거리며 뛰어내린다고

사람은 죽으려고 뛰어내리는데
쟤들은 살기 위해 뛰어내린다고*

*나태주 시인이 풀꽃문학관의 '풍금이 있는 방' 뒤켠에 군락을 이룬 구절초를 가리키며 한 말.

첫눈

애기 발걸음으로 걸어온다
뛰어가 안아주고 싶은
뒤뚱거리며 손을 흔들며
아장아장 온다

눈이 내리지 않는 별의 감방
창 너머에도 첫눈이 오겠지

나무 두 그루

언제 온대요, 애들
기다리지 말아요
봄이 와 날 풀리면
소식 주겠지, 뭐
자식들 늘어나고 뿌리 터전 잡고
적당한 그늘 만들면
생각이야 나겠지

이젠 우리 사이로 들어오는
고요의 새벽배가 좋아요

입춘

한나절 햇볕 다정해 보인다고
눈 뜨지 마
아직!
칼바람 강추위 물리친
봄바람 입맞춤 아니면
절대 눈 뜨지 마
내 새끼 같은 버들강아지야

거울에게

당신이 웃지 않으면
난 웃을 날이 없지요

4부
비를 받아먹는 바다

8월

목청이 터져 피가 나나 봐요
하루 종일 울음이 붉게 들려요
그래, 여름이 다 가는 모양이다
매미 소리의 뒤를 돌아보시며
내게 할아버지는 말했더랬지요

담쟁이

담 너머 작은 너의 손이라도
한번 잡아보자
담을 넘지 못한다면
담벽의 눈물을 지우지 못한다면

구름 주먹

구름이 주먹을 쥐었다 폈다 해요
하느님이 화나셨나 봐요

마른 가슴에 우르릉 쾅쾅
주먹들이 대문을 두드려요

개망초꽃들 놀라서 풀숲 대문을 걸어 잠그네요

천둥소리

하느님 뱃속에 전쟁 났나 봐요
대포소리가 지나갔어요
그으래, 네 뱃속도 작은 전쟁 났구나
소총소리가 들리네
저녁이나 먹자
뱃속에 비는 그치고
밥그릇 다 비었다

접시꽃 골목

담 너머 접시꽃
고개를 내밀고 있네요

골목 끝 동무들은 아무도 없고
햇살은 잠 깨어 집으로 돌아갔나 봐요

담 너머 접시꽃
고개를 내밀고 있네요

심심해진 골목들
꽃길을 내어
배가 고파도 엄마 올 저녁까지 기다리래요

여름 한낮

먹구름들이
슬펐으면 좋겠다
먹구름 할머니 돌아가셔서
먹구름 아들 손자 손녀들까지
펑펑 울었으면 좋겠다
펑펑 우르릉
펑펑 우르릉 쾅쾅 울음 터져 나왔으면
천둥 소나기 펑펑 우르릉 울었으면
좋겠다 그치?

땅속 지렁이 형제들의 편지다

탯줄

전화기 끌어당기지 마
탯줄 끊어지겠어
배터리는 누워서
엄마 배를 만져요

입

비를 잘 받아먹는 바다
며칠 전부터 계속 받아먹어도
배가 부르지 않은가 보다
오늘도 싫다고 하지 않고
살살 웃으며 받아먹는다
배가 터질 때까지 받아먹는다

늦잠

물푸레나무 어린 잎사귀 뒤에서
애벌레 두 형제 늦게 일어난다고
동녘의 해도 더 늦게 걸어나온다

모닥불

해가 지면 박꽃들은
스스로 불씨를 꽃잎으로 감싸 안고
모닥불을 피운다
입술이 파래진 애기똥풀들
돌아갈 골목을 잃어버린 애기 벌들과
일찍 뜨는 애기 별들이
바짝 다가앉아 손을 내밀어
곁불을 쬐라고

목화꽃

달도 웃으며 내려다봤대요
목화꽃이 피는 저녁 무렵

툇마루에서 할아버지도
할머니를 꼭 그렇게 바라봤대요

도시락

나비 몇 마리가 공중에서 짝을 지어 놀다가
서로 뒤쫓아 숨바꼭질하더니
배가 고팠나 보다
서로 쳐다보지도 않고
봉숭아 씨방 주위에 몰려 앉았다
땅에 떨어진 씨앗들이
새까만 눈을 뜨고 쳐다본다

구름학교

오리들은 언제나
2학년이다
좀 서툴러도
기교를 부리지 않고
떼를 쓰지 않는다
구름학교도
가끔 간다
그것도 지각이다

애기똥풀

번개가 치네요
똑바로 번개 얼굴 쳐다봤어요
옆 반 들꽃들 눈을 꼭 감았네요

그 뒤
천둥이 울려도
귀를 막지 않았어요

수화

숲속은 수화학교입니다
귓가에 속삭이는 빗소리를 듣지 못해도
기쁜 물방울같이 말을 못해도
잎과 잎이 껴안으며 사랑한다고
가지를 흔들며 슬프다고 해요
새소리 상큼상큼
풀벌레 울음 사근사근
먼 별빛은 두근두근 내려온대요

순례자

느티나무 할아버지,
북극 가봤어요?
그럼,
난 마음의 뿌리로 걸어 다니거든
생각의 나래를 펼치면
너도 순례자가 될 거야

깜빡 눈

밤하늘 새벽별의 눈동자가 깜빡깜빡
은하수 버들강아지 눈동자도 깜빡깜빡
이른 봄 느릅나무 새순 눈도 눈 속에서 깜빡깜빡
여름밤엔 반딧불 눈동자도 깜빡이겠지

하늘의 책장

밤하늘을 쳐다보라
읽지 않았던 시집들
쓰다가 남은 공책들
책상 밑의 몽당연필들
닳지 않아 애태우던 고무신들
한꺼번에 해치웠던 곤충채집 숙제들
쓰다 말고 제출한 일기장들
늦게 뜬 별들이
눈을 뜨고 읽고 있는
책상 밑으로
구름이 책장을 덮는다

비밀의 입에서 나는 소리

고명철(문학평론가, 광운대 교수)

1.

근대를 맞이하면서 인간의 감각을 이루는 것 중 시각은 다른 감각들에 비해 상대적으로 비교가치 우위를 확보한다. 세계에 대한 과학적 태도와 실증을 기반으로 한 진실의 탐구는 눈으로 보는 것을 통해 얻어진 것을 다른 감각들로부터 획득된 것보다 비중있게 다루고 신뢰가 높은 것으로 간주하곤 하였다. 하지만 시각은 주체의 욕망과 의지의 시선에 따라 세계에 대한 객관적 탐구와 거리가 멀 뿐만 아니라 타자에 대한 편협한 태도와 폭력을 수반하는 억압적 감각으로서 기능을 하기도 한다. 그래서일까. 시각 중심을 지양하면서 다른 감각이 지닌 진실의 탐구를 주목하고, 그 도정에서 성찰해야 할 미의식을 새롭게 발견하고 있는 시적 노력은 흥미롭다.

김수복의 시집 『슬픔이 환해지다』의 곳곳에는 소리들이 자리하고 있다.

비밀의 입들이
여기저기 웅성거리는

소문의 광장이 있는지

하늘 얼굴이 잔뜩 찌푸리고 있다

잔뜩 찌푸린 하늘이 어떤 상태인지 상상하는 것은 쉽다. 그 상상은 추상이며 관념이다. 그동안 우리가 눈으로 보았던, 말 그대로 '잔뜩 흐린 하늘'과 연관된, 자칫 진부하기 짝이 없는 어떤 공통의 시각적 심상을 머릿속에 그리기 십상이다. 시적 자극을 촉발시키는 새로움이 없다. 하지만 "비밀의 입들이/여기저기 웅성거리는/소문의 광장"과 연관된다면 양상은 사뭇 달라진다. 어떤 비밀인지 모르나 비밀의 속성상 궁금증을 자아내며, 그 비밀은 영원히 봉인되지 않은 채 비밀과 직간접 관련한 것들로 인해 "여기저기 웅성거리는/소문의 광장"으로 우리를 안내한다. 그리고 마침내 기다렸던 듯 잔뜩 찌푸린 하늘은 천둥과 번개를 동반하며 지금껏 한데 응축시켜온 온갖 소리들을 천상과 지상으로 단숨에 퍼뜨린다. 김수복 시인에게 이 과정은 '시의 운명'과 다를 바 없는 것으로 여겨진다. "심장이 쿵쾅거리고/얼굴이 확 달아올라서/천둥을 치게 하고/번개를 쏟아내는"(「시라는 숙명」) 가운데 시인은 우주의 비밀을 엿들음과 동시에 시인의 언어로써 그 비밀의 베일을 벗겨낸다.

그런데, 시인이 엿듣는 비밀의 소리는 좀처럼 드러내서는 안 될 깊숙한 곳에 똬리를 틀고 감춰진 어떤 음험한 것이 결코 아니다. 그보다 우리가 너무 잘 알고 있는 소리다. 아이러니컬하지만, 너무나 자연스레 우리 곁에서 접촉했던 소리들이므로 그것들이 내밀히 품고 있던 비밀의 정체를 애오라지 알려고 하지 않왔고 관성적으로 그 가치를 무시해왔다. 가령, 「천둥소리」에서는 몹시 허기질 때 뱃속에서 나는 생리적 소리를 들은 엄마와 자식이 '대포소리'와 '소총소리'를 연상하면서 저녁을 함께 먹는 장면이 펼쳐진다. 여기서, "밥그릇 다 비었다"란 마지막 시행을 주목할 필요가 있다. 비록 「천둥소리」에서 구체적으로 형상화되고 있지 않으나, 시 행간에 자리하고 있는 밥그릇을 깨끗이 비우는 수저 소리의 배음(背音)과 한데 어울린, 그래서 배고픔의 소리와 포개지는 전쟁 무기의 소리에도 불구하고 한 그릇의 밥을 비우는 생존의 절실함과 포만감이 안겨준 생명의 비밀을 시인은 엿듣고 있다. 이렇듯이 김수복 시인에게 비밀은 우리의 삶 속에 자리하고 있으며 그것에 자연스레 귀를 기울이는 삶의 겸허로부터 그 진의(眞義)가 들리는 것이다.

길들이 순탄치 않구나

곡진한 직선도

다 아롱거리는 뜨거운 골목들이었구나

미안하다 모두에게 미안하다

꼭꼭 채워져 걸어온 슬픔들이여

밥알이 불어터진 동지들이여

비 오는 날이면 순한 이야기들

이곳저곳에서 흘러들어온 소문을 듣고

냇물들은 서로 소란스러울 때가 있는 법

이 고난의 종점을 한 시간쯤 터벅터벅 내려와서

순댓국을 먹는 저녁이 되었다

「순댓국을 먹으며」 전문

고랭지 배추밭에서 풀을 매는 할매들

비탈밭 옆길 끓는 해에게

수제비구름 떠 넣어

새참을 먹고 있다

「비탈길」 전문

골목 "고난의 종점"을 빠져나와 국밥집을 찾아 순댓국을 먹는 풍경과 고랭지 배추밭 비탈밭 옆길에서 수제비를 끓여먹는 풍경이 그려지면서도 위 시편에서 예의주시해야 할 것은 단연 소리들이다. 어떤 곡절들이 있는지 모르지만, 국밥집을 찾는 사람들은 "미안하다 모두에게 미안하다"란 '미안'의 윤리감정을 간직한다. 국밥집으로 모여드는 "이곳저곳에서 흘러들어온 소문"은 "서로 소란스러울" 냇물들이 그런 것처럼 빗속에서 "곡진한 직선"으로 "꼭꼭 채워져 걸어온 슬픔"의 온갖 소리들의 사위를 뒤로 한 채 한 그릇 순댓국으로 잠잠해진다. 우리의 삶이 "뜨거운 골목들"을 거느리고 그곳을 통과해오듯, 부화뇌동하면서 지나쳐온 삶을, 순댓국을 먹으며 성찰한다. 여기서, 순댓국의 뜨거움과 국밥집을 채우는 소리들은 "고랭지 배추밭에서 풀을 매는 할매들"이 "수제비구름 떠 넣어/새참을" 준비하는 과정과 오묘하게 겹쳐진다. 수제비 "끓는" 소리, 수제비가 익어가는 막간 삼아 서로 누가 먼저 할 것 없이 고달픈 삶의 곡절을 이어가는 할머니들의 수다 소리 등속은 이야기하는 자신의 삶을 향한 미안함의 표출이면서 자신의 삶과 연루된 타자들을 향한 미안함을 고백하는 성찰의 윤리의식을 드러낸 것이라 해도 과언이 아니다.

이처럼 순댓국과 수제비에 담겨 있는 비밀 같은 소리들은 지

극히 일상적인 부분을 이루는 것이면서 시인에게 포착된 소리
는 일상을 비루한 것으로 전락시키지 않는 일상 속에서 존재의
자기연민과 타자를 향한 미안함에 대한 비밀스런 성찰적 윤리
를 새롭게 발견하도록 한다.

2.

그런데 이러한 성찰적 윤리에 대한 새로운 발견에서 아무리
강조해도 지나치지 않는 것은 서로의 관계에 대한 시인의 웅숭
깊은 시적 인식에 달려 있다.

> 지금 막 피어나는 꽃의 얼굴이여,
>
> 눈빛의 찰나여,
>
> 나는 캄캄한 밤이다
>
> 멀리 멀리서
>
> 다시 피어나서
>
> 다시 웃어다오
>
> 멀리 가서 울어다오
>
> 「관계」 전문

"지금 막 피어나는 꽃"에 대한 시적 화자의 심경은 겉으로 파
악할 때 냉정하다. 흔히들 꽃의 피어남과 관련한 대부분의 시들
이 개화(開花)의 순간과 경이로움에 환희로서 주목하고 있는 것
을 상기해볼 때 이 시에서 보이는 시적 화자의 태도는 다소 생

뚱맞다. 시적 화자는 피어난 꽃을 향해 매몰찬 주문을 하기 때문이다. 이미 핀 꽃에 대해 "멀리 멀리서/다시 피어나서/다시 웃어다오"에서 짐작할 수 있듯, 시적 화자 가까운 곳에서 핀 꽃을 달가워하지 않는다. 그래서 시적 화자는 "멀리 가서 울어다오"라는 시적 대상과 거리두기의 욕망을 서슴없이 드러낸다. 시적 화자는 선뜻 대상과 타자를 향한 밀착된 관계를 주저한다. 앞서 살펴보았듯이, 김수복 시인은 우리의 삶 속에서 겸허한 시적 태도로써 세계의 비밀에 귀를 기울인바, 이것은 대상과의 관계에서도 또한 예외가 아니다.

간 밤 노숙의 꿈들이 죽어 떠나니

햇살을 들추고

오래 서 있던 나무 그림자가 와서 앉아본다

아직 살아갈 용기가 남아 있다고

「빈 의자」 전문

길을 잃은 여행자들처럼

냇가 살얼음판에 엎드려

냇물 아래 새 세상을 보고

눈을 뜨고 살 것인지

눈을 감고 살 것인지

녹아 사라지는 제 눈도 모르고

간밤에 내린 눈들이

흘러가는 제 눈동자를 내려다보고 있겠지

「눈동자」 전문

「빈 의자」에서 노숙자와 나무 그림자 사이의 관계, 「눈동자」에서 이미 내린 눈과 내리고 있는 눈 사이의 관계에는 모종의 시차(時差)가 존재함으로써 자연스레 거리감이 형성되고 있다. 그래서 시인은 노숙자가 떠난 빈 의자에 나무 그림자가 드리운 것으로부터 강퍅하고 추운 관계를 훌쩍 넘어선 온후하고 따뜻한 관계를 발견하는데, 노숙자가 지난 밤 몸을 누였던 빈 의자에는 그 몸을 눕힌 시간만큼 "아직 살아갈 용기가 남아 있"었고, 그 용기가 남은 빈 의자에 "오래 서 있던 나무 그림자가 와서 앉"음으로써 그들은 빈 의자를 각자의 생존 양식에 걸맞도록 공유하는 관계를 맺은 셈이다(「빈 의자」). 그런가 하면, 냇가에 쌓이는 눈들은 그 쌓이는 시차 속에서 "눈을 뜨고 살 것인지/눈을 감고 살 것인지"를 고민하면서, "길을 잃은 여행자들처럼/냇가 살얼음판에 엎드려" 서로 다른 자기의 운명을 염려하는, 냇가의 살얼음판을 공유한다(「눈동자」).

그렇다. 김수복 시인이 주목하는 관계는 지금껏 우리에게 낯익은 서로 다른 존재들 사이를 가깝게 잇는 역할에 충실한 매개로서의 그것과 속성이 다르다. 달리 말해 기존 낯익은 관계의 주된 속성이 서로 다른 것들을 매개하여 이어줌으로써 자의반타의반 애써 조금이라도 공통된 것을 발견하여 동일하거나 유사한 목적을 성취하는 데 비중을 두는 목적지향적 관계를 추구한다면, 김수복의 이번 시집에서 눈여겨보아야 할 관계는 서로 다른 것들이 지닌 그 자체의 개별적이고 독특한 속성을 있는 그대로 인정하면서 그것들의 본래 독립성을 유지하면서 순리와 조화를 이뤄나가는, 그래서 어떤 유사한 관계를 가급적 가져야 한다는 목적을 반드시 추구하지 않아도 되는 존재들 사이의 개방과 열림의 관계를 추구한다.

구름은 하늘 갖고 놀고
물결은 호수 갖고 놀고
파도는 바다 갖고 놀고
나무들은 바람 갖고 놀고

「놀다」 전문

구름과 하늘, 물결과 호수, 파도와 바다, 나무와 바람 등은 나름대로 관계를 맺는다. 시인은 이들의 관계를 '놀다'의 동사로 맺고 있다. 그 밖에 다른 어떤 관계도 존재하지 않는다. 그러니까 「놀다」는 모두 4행으로 이뤄진 시로서, 각 행의 주된 심상은 유희, 즉 노는 행위일 뿐이다. 그렇게 시인은 존재들 사이의 개방과 열림의 관계를 형성한다. 이것은 시의 각 행이 '놀고'란 각운을 맞춤으로써 한층 예의 관계가 눈에 띈다. 특히 '-고'란 양성모음의 연결어미를 반복적으로 각운에 배치함으로써 이들의 관계는 지속적으로 반복되고, 이 놀이의 지속 반복은 무한과 영원의 속성을 자연스레 득의하게 된다. 그러면서 우주의 모든 존재들은 이들의 관계처럼 특정한 그 무엇에 구속되지 않고 존재 자체의 개별적이고 독립적인 자연스런 차이의 속성에 따라 있는 그대로 존중받고, 이러한 존재들 사이의 관계의 유희를 무한히 그리고 영원히 즐기는, 그래서 절로 이러한 관계조차 궁극적으로 해방시키는 관계를 추구하게 된다. 이것은 김수복 시인이 추구하는 관계에 대한 시적 진리이리라.

3.

그런데, 시인이 추구하는 이 시적 진리는 결코 추상이 아니다. 가령, 다음과 같은 시편에서 우리는 이러한 시적 진리가 시인이 발을 딛고 있는 구체적 현실과 연동돼 있다는 것을 읽을 수 있다.

한반도에도 한마음이 있어
그리운 비바람 구름 운기탱천하여 함박눈 내리는구나
대한민국 충청남도 천안시 안서호에서 풍덩풍덩 함박눈 내리니
조선인민공화국 양강도 삼지연에도
청천강 유역에도
백두산 드넓은 고원 자작나무에도 함박눈 내리겠지
한반도여,
한라산 산간에도
삼남 방방곡곡 들판에도
종일 그리운 함박눈 퍼부었다네
얼싸안고 퍼부었다네
사각사각 덤벙덤벙 울컥울컥
만신창이 되어도 퍼부었다네
꿋꿋하게 당당하게 우뚝우뚝 서서
정이품 정삼품 느릅나무 느티나무 금강소나무 위세로
태평양 동아시아 대륙을 함박 적셨다네
그리운 한반도에 함박눈 내렸다네
하늘 우러러보고 내렸다네

「함박눈」 전문

104

함박눈이 내린다. 분명, 시적 화자는 "대한민국 충청남도 천안시 안서호"에 내리는 함박눈을 보고 있되, 시적 화자의 상상 속에서 내리는 함박눈은 "조선인민공화국 양강도 삼지연에도/청천강 유역에도/백두산 드넓은 고원 자작나무에도" "한라산 산간에도" "삼남 방방곡곡 들판에도" "종일" 내리고 있다. 그것만이 아니라 "태평양 동아시아 대륙"에도 함박눈이 퍼붓고 있다고 시적 화자는 상상한다. 시적 화자가 직접 목도한 것은 대한민국의 특정한 지역에 내리는 폭설이건만, 그 폭설은 시적 화자가 있는 곳뿐만 아니라 분단의 경계를 넘어 한반도의 정수리인 백두산과 근처 드넓은 고원 지대에도 내리고 있다고 시적 화자는 함박눈의 심상을 확장시킨다. 제2차 세계대전과 한국전쟁 이후 한반도에 드리운 냉전체제의 질곡은 한반도의 남과 북에 각기 서로 다른 근대의 국민국가가 들어서면서 대립과 갈등의 체제 경쟁을 벌이고 있으나, 함박눈은 인위적으로 구분된 이러한 분단에도 아랑곳하지 않고 한반도의 곳곳에 "풍덩풍덩" 퍼부음으로써 분단이란 예외적 상태에 우리가 얼마나 불행히도 억압적으로 구속돼 있는지 그 안타까운 서정을 환기시켜준다. 이와 관련하여, 한반도의 분단을 극복하려는 시적 노력이 섣부른 통일지상주의에 대한 낭만적 서정을 경계할 뿐만 아니라 통일에 대한 체념과 분단에 대한 현실추수적 태도를 보이는 것을 동시에 경계한다는 점에서, 김수복 시인의 시세계에서 보이는 남과 북의 존재에 대한 '따로 또 같이'의 시적 정동(情動)은 한국문학에 시사하는 바 적지 않다. 이것은 백두산의 삼지연 고원 대평원을 노래하는 「천지」에도 해당되는 것으로, 서로 다른 존재를 사유하는 시인 특유의 관계에 대한 시적 인식이 자리하고 있음을 강조

해두고 싶다.

　물론, 이러한 관계에 대한 시적 인식에서 쉽게 지나쳐서 안 될 시가 있다.

　너와 내가

　이 하늘에서

　나와 네가

　저 몸 안에서

　해와 달이

　달과 해가

　서로 다투면서 끌어안고

　팔을 벌리고 서서

　천년 만년 일심동체가 되어

　하루를 보내는 순간

　해 지는 곳에서

　달 뜨는 곳까지

　다시 태어나서

　다시 죽어가는 찰나

　그 천년 만년 뒤에

　해와 달이

　죽어버리려다가

　서로 사랑하게 되는 새벽

「만다라」 전문

"해와 달이/죽어버리려다가/서로 사랑하게 되는" 일은 어떤 것일까. 이것은 대체 가능한 것일까. 서로 상반되는 극성을 가진 것이라면, 그래서 서로의 존재를 절대적으로 부정하고 추방시키려고 한다면, 이러한 사랑은 불가능하리라. 하지만, 만다라에서 보이듯, 표면상 서로 대립되는 극성이 기실 한 뿌리에서 분화된 것이라면 사정은 달라진다. 그것은 "서로 다투면서 끌어안고/팔을 벌리고 서서/천년 만년 일심동체가 되어/하루를 보내는" 일을 충실히 수행하는 가운데 화이부동(和而不同)과 존이구동(存異求同)의 윤리적 가치를 실현한다. 그것은 만다라식 사랑이다. 여기서, 문득 시인의 이러한 만다라식 사랑의 시적 상상력을 남과 북에 대한 관계의 시적 사유와 연계시킬 수는 없을지 잠시 상념에 젖어본다.

4.

끝으로, 김수복 시인의 이번 시집을 통독하면서 흥미로운 점은 천진무구한 심상이 짧은 시행 속에 동요풍으로 다가온다는 점이다. 어린애의 마음과 눈으로 보아야 세상의 비의성이 속속들이 잘 보인다고 했던가. 그래서 시인은 어른의 퇴락한 질서가 공고해지는 현실 속에서 동요풍의 심상을 시적 전략으로 삼은 것일까.

비를 잘 받아먹는 바다
며칠 전부터 계속 받아먹어도
배가 부르지 않은가 보다
오늘도 싫다고 하지 않고

살살 웃으며 받아먹는다

배가 터질 때까지 받아먹는다

「입」 전문

물푸레나무 어린 잎사귀 뒤에서

애벌레 두 형제 늦게 일어난다고

동녘의 해도 더 늦게 걸어 나오는구나

「늦잠」 전문

한나절 햇볕 다정해 보인다고

눈 뜨지 마

아직!

칼바람 강추위 물리친

봄바람 입맞춤 아니면

절대 눈 뜨지 마

내 새끼 같은 버들강아지야

「입춘」 전문

위 시편들은 앞서 살펴본 시들의 정동과 심상 면에서 사뭇 다르다는 것을 쉽게 알 수 있다. 짧은 시행의 구성, 시적 대상에 대한 즉물적이면서 자연스러운 관찰, 그것으로부터 촉발된 구김살 없는 감성, 게다가 관찰한 것이 마냥 새롭다는 듯 느낌을 있는 그대로 진술하는 태도, 무엇보다 추상을 극도로 배제한 채 최대한 구체적 감각을 동원한 심상, 평이한 시어의 구사, 그리고 이러한 것들로부터 상기되는 천진무구한 동심의 세계 등은 이번 시집이 주는 또 다른 시적 매혹이 아닐 수 없다. 이 동요풍의 시들을 음미하고 있으면, 어른의 세계 속에서 망실했든지 미숙한 것으로 치부한 어린이의 세계가 지닌 순진무구한 아름다움의 가치를 만나게 된다.

따라서 이러한 동요풍의 시세계는 역설적으로 어떠한 세계가 성숙한 것인지, 어떠한 세계가 진실된 아름다움의 가치를 지닌 것인지를 우리에게 숙고하도록 한다. 어린이가 어른의 스승이라는 전언이 새삼 울림으로 다가온다.

그래, 이게 나라야
바람이 불어오면 같이 흔들리고
해가 떠오르면 함께 웃어주는
이 들판을 보라
그래,
그렇지

「보리가 익어갈 때」 전문

보리가 익어가는 들판을 바라보는 시적 화자는 바람과 해와 들판이 한데 어우러진 모습 속에서 소박하지만 국가의 바른 됨됨이를 발견한다. 다시 강조하건대, 이 소중한 가치를 발견하고 드러내는 시어의 표현방식은 어떤 세련된 그것이 아니라 솔직 담박하다. "그래, 이게 나라야"로 시작하여, "그래,/그렇지"로 끝나는 시행의 배치와 시어의 표현방식에는 군더더기가 없다. 보리가 익는 들판의 자연스러운 정동에 대한 기대와 믿음이 뒷받침된 세계에 대한 긍정적 태도는 국가의 올바른 존재 양식과 직

결되기 때문에 별다른 시적 분석과 수사학이 불필요하다. 달리 말해 국가는 그 구성원이 믿고 기댈 수 있는 긍정의 정치체(政治體)로서 자기존재가 보증되어야 마땅하다.

그런데 우리는 너무나 잘 알고 있다. 이처럼 국가에 대한 이해를 비롯하여 어른의 세계는 어린이의 세계보다 훨씬 복잡한 변수들로 이뤄져 있는 모순형용의 세계로서 동요풍의 시에서 볼 수 있는 솔직 담백한 시적 태도를 통해 시적 진실에 접근하는 것이 녹록치 않다. 그렇다고 해도 포기할 수 없는 일이다. 그 일이 어둡고 험한 고통의 길을 걷는 슬픔을 감내해야 함에도 불구하고 우리의 슬픔은 마냥 어둡고 음습한 곳을 언제까지나 배회할 수는 없기 때문이다.

내일의 길목에게
가시관을 걸어주다
암흑의 길목에도
일출의 길목에도
그림자의 길목에도
사랑의 가시관을 걸어주다
너는 더욱 슬퍼지고
슬픔은 더욱 환해지다

「슬픔이 환해지다」 전문

110

시인 김수복

1953년 경남 함양에서 태어나 단국대 국문학과를 졸업했다. 1975년『한국문학』신인상으로 작품 활동을 시작했으며, 시집으로『지리산 타령』『낮에 나온 반달』『새를 기다리며』『기도하는 나무』(시선집)『또 다른 사월』『모든 길들은 노래를 부른다』『사라진 폭포』『우물의 눈동자』『붉은머리학의 사랑 노래』(영상시집)『달을 따라 걷다』『외박』『하늘 우체국』『밤하늘이 시를 쓰다』, 그 외 저서로『별의 노래; 윤동주의 삶과 시』『우리 시의 상징과 표정』『상징의 숲』『문학공간과 문화콘텐츠』(편저) 등이 있다. 편운문학상, 서정시학 작품상, 풀꽃문학상, 한국시인협회상을 수상했으며 한국문예창작학회 회장(2001년~2006년)을 역임하고, 한국카톨릭문인회 회장(2018년~현재)을 맡고 있다. 현재 단국대학교 문예창작과 교수로 재직하고 있다.

모악시인선 011

슬픔이 환해지다

1판 1쇄 펴낸 날 2018년 4월 5일
1판 2쇄 펴낸 날 2019년 3월 11일

지은이 김수복
펴낸이 김완준

펴낸곳 모악

기획위원 문태준, 손택수, 박성우
출판등록 2016년 1월 21일 제2016-000004호
주소 전북 전주시 덕진구 기린대로 418 전북일보사 6층 (우)54931
전화 063-276-8601
팩스 063-276-8602
이메일 moakbooks@daum.net

ISBN 979-11-88071-11-1

* 이 도서의 국립중앙도서관 출판예정도서목록(CIP)은 서지정보유통지원시스템 홈페이지 (http://seoji.nl.go.kr)와 국가자료공동목록시스템(http://www.nl.go.kr/kolisnet)에서 이용하실 수 있습니다.(CIP제어번호: CIP2018009696)

* 이 책의 내용을 재사용하려면 모악의 서면 동의를 받아야 합니다.

값 8,000원